그 별들 같은　　　 새벽까지

시집 | 노우혁 그림

KB141659

도서출판 답게

이 동시집을 읽는 어린이들에게

시를 쓰는 일은 즐거운 일입니다. 이 땅의 어린이들이 읽어 줄 것을 생각하며 동시를 쓰는 일은 더욱 신나는 일입니다. 한줄 한줄 동시의 내용을 생각하며 쓰고 고치는 일을 반복하면서 느끼는 어려움도 곧 즐거움으로 바뀌게 됩니다.

늘 어린이들을 생각하면서, 어린이들 곁에서 생활하면서 쓴 동시 58편을 이번 동시집 『그 별들 잠을 자는 새벽까지』에 싣게 되었습니다.

1부 「조금 멀리 떨어져서 지켜봐 줘」에는 '좋아한다면' 등 어린이들의 사랑과 우정에 관한 내용을 담은 13편을, 2부 「뭐든지 다 버릴 수 있을 것 같은데」에는 '교실에 들어온 잠자리' 등 동물과 자연에 대한 사랑과 어린이의 학교생활을 다룬 11편을, 3부 「상처 난 모과에서 더 진한 향기가 난다」에는 '상처 난 모과' 등 주로 나무에 대한 동시 9편을, 4부 「그 별들 잠을 자는 새벽까지」에는 '경비원 우리 아빠' 등 우리의 현실에서 느끼는 삶의 부지런함과 자연의 변화에 대한 동시 15편을, 5부 「작지만 큰, 가볍지만 무거운」에는 '곁순을 따다가' 등 가꿈의 즐거움과 인물에 관한 이야기 10편을 실었습니다.

이 동시집에 소개하는 동시들은 대부분 10여 년 동안 여러 지면에 발표한 것들을 모아 엮은 것입니다. 이번 동시집을 내면서 이미 발표했던 것과는 달리 일부는 제목을 바꾸기도 하였고, 내용을 고치고 다듬기도 하였습니다. 다만 수상 작품이나 노래로 만들어진 것들은 되도록 고치지 않았습니다. 발표했던 작품과 일부 달라진 점에 대해 미리 어린이 독자들의 이해를 구합니다.

동시는 어린이의 마음속으로 파고 들어가 그들의 마음을 움직이게 해야 합니다. 이 동시집 『그 별들 잠을 자는 새벽까지』가 그러한 역할을 했으면 하는 바람을 가져 봅니다. 그리고 어린이들이 생활 속에서 보고 느끼고 생각한 것들을 아름다운 언어로 표현해보고 이를 시로 작품화하는 작업을 꾸준히 시도하여 동시의 문학적 범위를 넓혀나갔으면 좋겠습니다. 어린이들이 동시를 더욱 많이 읽고 사랑해 주기 바랍니다. 감사합니다.

2022년 가을
우장산(雨裝山) 세심재(洗心齋)에서

김 용 석

차례

그 별들 잠을 자는 새벽까지

1부

조금 멀리 떨어져서 지켜봐 줘

좋아한다면

좋아한다면
네가 나를
정말 좋아한다면
너무 뚫어지도록
쳐다보지 마

다른 애들이
눈치채니까
좀 더 멀리서
못 본 척
그저
생각만 해

그래도 나는
느낄 수 있어
좋아한다는 건
바로 그런 거야

좋아한다면
조금 멀리 떨어져서
지켜봐 줘.

내가 너라면

내가 너라면
그렇게 말하지 않았을 거야
오늘 아침, 내가 먼저 너에게 인사했을 때
새침하게 눈도 마주치지 않고 돌아섰던 일
내가 너라면
눈인사도 건네고 손도 흔들었을 거야

어제 조그만 일로 다투었던 일
먼저 미안하다고 말하지 못했어
목까지 올라왔지만 말하지 못했어
'정말 미안해'

놀이 시간에 짝도 되어주고
준비물도 나눠 썼는데
조그만 일로, 정말 조그만 일로
너를 미워했나 봐
잠시 네가 미워졌었나 봐

그래도 내가 너라면
그렇게 말하진 않았을 거야
'정말 미안해'

그날 밤

잠이 오지 않았다
그날 밤

엄마 손 꼭 잡고
종종걸음으로 따라간 입학식

교장 선생님 말씀도
귀에 들어오지 않고

형, 누나들의 노래도
들리지 않고

내 눈에는
온풍기 바람에
나풀거리는 단발머리
그 애만 보였다

뽀얀 얼굴에
사탕처럼 큰 눈과
볼우물을 가진
그 애 생각에

처음 본 그 애 때문에
그날 밤
잠이 오지 않았다.

단풍잎 엽서

작년 이맘때
그 친구 전학을 갔지
붉은 단풍잎
휘잉 부는 바람 타고
교실 안으로 들어온 날
그 친구 전학을 갔지

하루하루 새벽을 기다리는
아버지를 따라
저 아래 어딘가 작은 도시로 갔지
열심히 살 거라고 말하고
끝내 눈물은 보이지 않았지

다시 가을이 와서
운동장 한쪽으로 단풍잎 날리는 날
그 친구 소식 듣고 싶어
단풍잎 한 장 주워드니
그날 그 친구 얼굴 생각나네

가을이 가져다준 단풍잎 엽서
글씨는 보이지 않지만
새벽 인력시장에서
곁불 쬐며 하루를 기다리는
아버지를 따라간다는
그 친구 눈망울 그려져 있지,
바람 타고 내려온
가을 단풍잎 엽서에는.

너에게서 꽃향기가 난다

친구야,
너에게서 꽃향기가 난다

저 멀리서
단발머리 나풀거리며 걸어오면
아주 가녀린 바람에도
너의 향기가 실려 온다

흙먼지 일으키며 버스 지나간 뒤
흔들흔들 춤을 추는
시골길 코스모스처럼
너에게선 어여쁜 빛깔
눈부시게 흘러나온다

너에게선, 친구야
멀리 있어도 곁에 있는 것 같이
보이지 않아도 보이는 것처럼
정말 사람다운
향기가 난다.

친구

향나무는
자신을 찍는 도끼날에도
향기를 묻혀준다고 한다

지금까지 살아오면서
다른 사람 쪽으로
칼날을 돌려댄 적은 없는지,
나를 향한 도끼날을
무작정 피하지는 않았는지

때론 미워하고
때론 두려워한 것도 있었지만
이제, 조금은 더 가까이 가고
조금은 더 훈훈한
그런 사람이 되고 싶다

나도 향나무처럼
누군가에게
향기를 주는
그런 친구가 되고 싶다.

선생님, 저 친구를 어찌하면 좋을까요

어느 날 갑자기 내 눈앞에 나타나
온산 물들이는 나무들처럼
파란 손을 하루종일 흔들어대는,
저 친구, 꿈속에서도 어른거리는 저 손짓을

가을볕에 익어가는 해바라기처럼
맘속에 쏙 들어와 떠날 줄 모르는
바람 불면 살랑살랑 흔들리는,
빼곡한 해바라기 씨앗처럼 셀 수 없는

추사* 선생님 세한도* 속 소나무와 잣나무처럼
추운 겨울 눈바람에도 변하지 않고
속마음 다 드러내어 보여주는,
저 친구, 저 숨김없는 마음을

얼었던 땅을 살며시 밀치고 나와
제일 먼저 내게로 달려오는 새싹처럼
연하고 연한 속살을 온 세상에 펼쳐놓는,
선생님, 저 친구를 어찌하면 좋을까요.

* 추사(秋史): 조선시대 후기 실학자인 김정희(金正喜·1786~1856)
  의 호(號). 추사체라는 독특한 글씨체로 유명함.
* 세한도(歲寒圖): 김정희의 그림으로 소나무와 잣나무가 그려져
  있어 변함없는 의리를 나타낸다고 함. 국보 제180호.

꽃을 보면

꽃을 보면
네 생각이 난다

산이나
들이나
네 색깔로 물들이며
환하게 웃는 얼굴

꽃을 보면
네 생각이 난다

산이나
들이나
꽃불로 활활 타올라
뽐내던 네 모습

봄이 오면
꽃처럼 웃을
네 생각이 난다.

웃어요

학교 가는 골목길에서
친구를 만났어요, 웃어요
싱글벙글 싱글벙글 웃어요
친구가 좋아서 웃어요
친구가 반가워서 웃어요
싱글벙글 싱글벙글 웃어요

학교 와서 교실 앞에서
선생님을 만났어요, 웃어요
싱글벙글 싱글벙글 웃어요
선생님이 좋아서 웃어요
선생님이 반가워서 웃어요
싱글벙글 싱글벙글 웃어요.

그리움 꽃

산수유꽃 노랗게 피어나는 봄날
전학 간 친구 얼굴 생각이 나요
노래도 부르고 그림도 같이 그리고
서로 손 잡고서 뛰어놀던 그 친구
산수유꽃 노랗게 피어나는 봄날
내 마음엔 그리움 꽃이 피어요

개나리꽃 휘어져 피어나는 봄날
전학 간 친구 마음 생각이 나요
연필도 빌려주고 지우개도 함께 쓰고
서로 눈 맞추며 얘기하던 친구
개나리꽃 휘어져 피어나는 봄날
내 가슴엔 그리움 꽃이 피어요.

석주*

너를 만나기 위해
얼마나 기다렸는지 모른다

수만, 수십만 해를
한 방울 한 방울
녹아 내려가
한 겹 한 겹
쌓아 올린 세월의 기둥이여,

기다림에도 지치고
세월에도 힘들어했지만

너를 만난다는
사랑 하나로
억만년을 이겨낸
사랑의 기둥이여.

* 석주: 돌기둥. 석회동굴에서 볼 수 있는 돌기둥으로 석순과 종유
  석이 만나 만들어짐.
  충청북도 단양의 고수동굴 석주를 보고 씀.

엄지척

엄마 아빠 안 계실 때
동생하고 놀아 줬죠
간식도 챙겨주고
공놀이도 같이했죠
돌아오신 엄마 아빠
손 선물을 주시네요
엄지척! 엄지척!

혼자 있는 친구하고
말동무도 되어주고
학교 텃밭 고추 상추
물도 뿌려주었어요
선생님도 저에게
엄지척! 엄지척!

놀이 시간 친구하고
달리기도 함께 하고
점심시간 나란히 앉아
밥도 함께 먹었어요
지우개도 빌려주고
그림도 같이 그렸죠

친구도 저에게
엄지척! 엄지척!

나도 양손 들어
엄지를 내밀어요
엄마 아빠 사랑해요
선생님 감사해요
친구들아 고마워
양손 엄지척! 척!

지우개

지우개에게도
마음이 있다면
가고 싶은 곳 있을 거야

걸려 넘어진 상처
싹싹 지워버리고
친구와 손잡고 가고 싶은 곳
그런 곳 있을 거야

지우개에게도
생각이 있다면
보고 싶은 사람 있을 거야

엊그제 말다툼
쓱쓱 지워버리고
다시 손잡고 싶은
그런 사람 있을 거야.

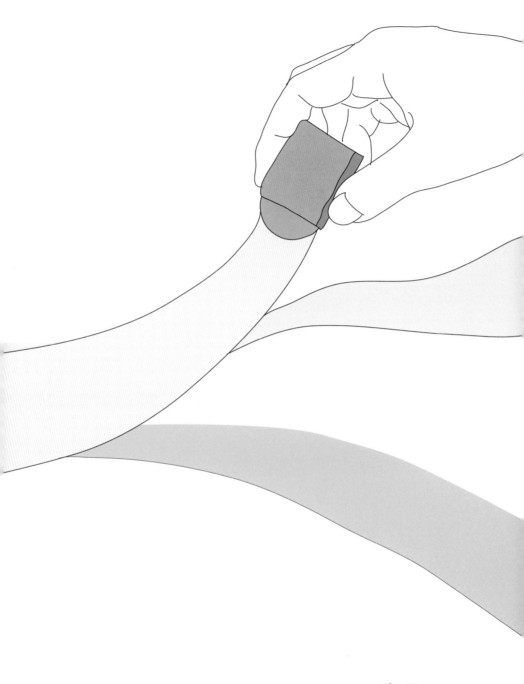

2부

워든지 다 버릴 수 있을 것 같은데

교실에 들어온 잠자리

잠자리도
공부가 하고 싶은가 보다
열린 창문으로
살며시 들어와서
교탁 위에 펼쳐진 책장 위에 잠시 앉아
한 글자 읽고 간다

잠자리도
배가 고팠나 보다
물 뿌려준 화분
꽃잎 위에
이슬인 줄 알고
한 모금 머금고 간다

잠자리도
아이들 노는 게 부러운가 보다
왁자지껄 쉬는 시간
아이들 머리 위를
한동안 비잉 빙 돌다가
부러운 듯 살며시 날아간다.

바람이 책을 읽는다

바람이 책을 읽는다
잠시 차 한 잔을 마시는 틈을 타서
바람이 책을 읽는다

아주 작은 문틈으로
햇살과 함께 비집고 들어와
한 장 한 장 책장을 넘긴다

소리도 없이 살며시 다가와
책장을 넘기고는
시치미를 뚝 떼고 사라져 버린다

바람이 책을 읽는다
내가 잠깐 쉬는 사이
바람이 먼저 책을 읽는다.

토끼장을 만들며

6학년 실과 교과서 44쪽
달랑 사진 한 장 나오는 토끼를 기르기 위해
봄 햇살 따가운 교정에 토끼장을 만든다
교장 선생님은 삽을 들고 땅을 파고
학교 아저씨는 톱질을 한다
다른 학교 아저씨도 와서 못질을 하는데,
"교장 선생님, 뭐 만드시는 거예요?"
"토끼 언제 와요?"
정작 6학년보다도
1학년, 2학년 꼬마들이 더 관심이 많다

지나가던 유치원 아이도
신기한 눈빛으로 할머니 발걸음을 멈추게 하는데
토끼가 잘 살아줄지 걱정이 앞선다
한여름 무더위와 비바람은 어떻게 피할지,

겨울 눈보라와 추위는 어떻게 막을지,
물기 있는 먹이는 주지 말라는데
한겨울엔 무얼 먹여야 할지
키우기보다 걱정이 먼저지만
할 수 없이 공사장에서 주워온 보도블록으로
토끼굴을 만들고 잔디를 입혀준다

무사히, 토끼들이 무사히 살아가기를
간절히, 간절히 기도하면서 토끼장을 만든다
토끼들아, 잘 살아라
얼마나 다행이니,
너희들이 경제 동물이 아니고 애완동물인 것이
정말 잘 살아야 한다, 토끼들아.

현장학습

오늘은 현장학습 가는 날
마음 한구석이 무겁다

즐거운 현장학습이 끝나면
학원에 가야 한다
엄마는 꼭 가야 한다는데
오늘은 정말 가기 싫다

현장학습이 늦게 끝나면
안 가도 되는데
예정보다 일찍 끝날 수도 있단다
가슴 한 귀퉁이에
어둠이 밀려온다

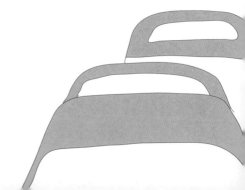

한 학기에 한두 번 가는
현장학습처럼
학원도 드문드문 간다면
얼마나 좋을까

현장학습 가는 버스 안에서
두 눈을 감고 기도한다
'제발 오늘은 늦게 끝나게 해주세요
차도 막히게 해주세요'
우리도 좀 쉬고 싶을 때가 있거든요.

지층 모형을 만들며

3학년 과학책 59쪽
여러 가지 색깔의 식빵과 딸기잼,
그리고 교과서에 없는
치즈도 한 장씩 준비한다

아이들 입 속에는 벌써
군침이 돌고
꼴깍꼴깍 침 넘어가는 소리

나는 지층 모형 만들기라고 하는데
아이들은 자꾸
샌드위치 만들기라고 한다

식빵 한 장을 접시 위에 올려놓고
잼을 바르고
또 한 장 올려놓고 바르고
이제 치즈를 올려놓을 차례,

왜 이리 시간은 더디 가는지
잼을 바르고
식빵 네 장을 다 올려놓을 때까지
단면을 자르고 측면을 자르는 40분이
4개월 같은 긴 침묵

경주 5.8 지진은
끊어진 지층, 단층이 서로 충돌한 것이라고
포개진 식빵을 비스듬히 잘라 보여주는데
아이들은 여전히
실험이 빨리 끝나기를 기다린다

아직도 나는
지층 모형이라고 하고
아이들은 입속 가득
아밀라아제*를 머금고 있다.

* 아밀라아제(amylase): 침샘에서 만들어지는 녹말 분해 소화효소.

교실 바닥을 닦으며

아이들은 모두
집으로 돌아가고
바람이 소리를 타고
교실로 들어오는 오후

책상 줄을 맞추고
바닥을 닦는다

살며시 눈을 감고
바람 소리 들어보면
귓속을 간질이는
아이들의 합창 소리

너희 엄마 때는
저렇게 무릎 대고 앉아
손걸레로 바닥을 닦았지
곱셈구구를 소리 맞춰 외며 닦았지

너희 아빠 때는
저렇게 줄을 맞춰 앉아
양초를 칠하며 닦았지
반짝반짝 빛이 나도록 닦았지

운동장에서 들려오는
참새들의 재잘거림
창문을 두드리는 저녁 어스름

아련히 떠오르는 옛 그림
교실 바닥을 닦으며
함께 지워 간다.

화석 만들기

중생대 지층 속의 화석은
너무 깊어 꺼낼 수 없어
찰흙 반죽과 조개껍데기로
화석 모형을 만드는 시간

알지네이트* 반죽은 구하지 못하고
미술 시간에 쓰던 찰흙으로
너를 만든다

3학년 실험관찰 38쪽,
찰흙 반대기 위에
조개껍데기를 쑥 밀어 넣으면
한 치의 망설임도 없이
무늬 선명한 모형으로 살아 나와서

죽어서도 살아있는 것처럼
생생한 바다의 속내를 보여주는
살아있음의 소중함이
새삼스러워지는 오늘,

세월이 흐르면 우리도
화석이 되는 건 아닌지
망상을 지워버리려고
꾹꾹, 조개껍데기를 누른다.

* 알지네이트(Alginate): 주로 치과에서 본을 뜰 때 사용하는 재료.
  알긴산 나트륨염(또는 칼륨염)과 황산칼슘 이수염 등을 주성분
  으로 함.

가재울의 노래*

꿈꾸는 새싹들이 여기 모였네
온 누리 환히 비출 등불 밝히고
배우고 꿈을 키워 달려 나가면
슬기의 배움터 세워지리라
사랑으로 가득 찬 아름다운 가재울
우리의 손으로 만들어가요

내일의 기둥들이 모두 모였네
세계 향한 발걸음 힘을 모으고
사랑 모아 뜻을 모아 하나가 되면
어여쁜 꽃봉오리 피어나리라
웃음으로 넘쳐나는 행복한 가재울
모두가 힘 모아 가꾸어 가요.

* 서울가재울초등학교 교가.

수채화를 그리다

바람이 불어주지 않아도
넓은 경기장은
도화지가 됩니다

하늘 높이 솟구치다가
이내
두 손으로 들어와
수채화를 그립니다

허공을 무대 삼아
뱅그르르 뱅그르르
팽이 춤을 추다가
다시
푸른 파도 물결
춤을, 춤을 춥니다

휙!
던졌다 끌어당기는,
멈췄다 시작하는
리본의 수채화 그리기.

BTS

어쩌면 좋아요
날 위해서라면
슬퍼도 기뻐할 수 있고
아파도 강한 척 할 수 있다는데*
어떻게 좋아하지 않을 수 있어요

친구를 만나도
먼저 떠오르는 건 BTS뿐

수업 시간에도
선생님 말씀 들리지 않고
귓가로 스쳐오는
BTS 노래

집에 가도
엄마 아빠보다 먼저 반겨주는
BTS 사진들

어쩌면 좋아요
BTS 위해서라면
뭐든지 다 버릴 수 있을 것 같은데,
정말 어쩌면 좋아요.

* BTS의 「FAKE LOVE」 가사 일부.

삐야*가 사라졌다

삐야가 사라졌다
어제까지도 밝은 웃음 지으며
유난히 새하얀 이를 보여주던
삐야가 사라졌다
오늘,
아무런 소식도 없이
학교에 오지 않았다

낯설고 물선
머나먼 이국땅 한국으로
공부하러 오는 엄마 아빠를 따라온
방글라데시 어린 소녀 삐야

어려서 떠나온 나라 모국어보다
한국말을 더 잘한다며
말 때문에 고생할까 봐
걱정하시는 선생님을
웃음 짓게 하던 삐야였는데,
운동회 날 이어달리기 대표선수로 나와
우승을 안겨주던 삐야였는데,

동시쓰기부 수업에서 말을 잘해서
당황하게 하기도 했던 삐야였는데,

왜 떠났을까?
아무도 모른다, 그 이유는
다만 먼 남쪽에서 불어오는 바람에
공부보다 먹고 사는 일이 힘들어
엄마 아빠를 따라 떠났다는 소문만 들릴 뿐

그 후 어느 날엔가
서류가 필요해 학교에 온 걸 보았다는
얘기만 들릴 뿐
아무도 모른다, 삐야가 떠난 이유를

오늘도 교문에 펄럭이는 현수막을 보며
까만 피부 하얀 이를 드러내며
밝게 인사하는 삐야가
저만치서 달려오는 걸 상상한다
삐야야!
잘 살아야 한다, 꼭!

* 삐야: 방글라데시에서 온 학생 이름.

3부

상처 난 모과에서 더 진한 향기가 난다

상처 난 모과

나무에 올라가 모과를 따다가
바닥에 떨어뜨렸다

떨어진 모과는
돌부리에 부딪혀
상처가 났다

나였으면
"아야!"
소리를 질렀을 텐데

얼른 들어
코끝에 대어보니
향기는 그대로

방안을 가득 채운
모과 향기,
상처 난 모과에서
더 진한 향기가 난다.

나무

새들도 날아와
잠시 쉬었다 가게 하고
열매 내주어
먹이도 먹게 하는
나무는 새들의 놀이터
새들의 휴게실

하늘 높은 곳에서부터
아래로, 아래로만 내려오던 눈비도
한숨 돌리고 가라고
제 팔 벌려 안아주는
나무는
눈비의 과속방지턱

추운 겨울에도
겨우살이 푸른 싹에게
생명 틔울 곳 내어 주는
포근하고 사랑 많은
나무는
새 생명의 보금자리.

나무에게

나무야,
너는 참 많은 잎을 가졌구나
언제나 하늘을 향해 펄럭이며
마음속 깊이 감춰둔 속내를
끊임없이 쏘아 올리는 신호
나무야, 너는
하고픈 말이 참 많았나 보구나

나무야,
너는 아주 멋진 가지를 가졌구나
새들을 위해 하염없이 비워두고
어서 내려와 둥지를 틀라고
쉼 없이 갈망하는 몸짓
나무야, 너는
외로움의 시간이 참 길었나 보구나

나무야,
너는 정말 깊은 뿌리를 가졌구나
땅속 깊이 굳건히 심어놓고
잎을 위해, 가지를 위해
쉬지 않고 뿜어 올리는 물관*과 체관*
나무야, 너는
주고픈 사랑이 너무도 많았나 보구나

나무야,
너의 잎으로, 가지로, 뿌리로
세상을 향해 보내는
아름다운 몸짓을 멈추지 말고
힘차게 흔들어 주렴
사랑하는 나무야.

* 물관: 식물의 뿌리에서 흡수한 물이 이동하는 통로.
* 체관: 잎에서 만들어진 영양분이 줄기나 뿌리로 이동하는 통로.

나무를 위하여

태양은 나무를 위하여
오늘 하루도
저 높은 곳에서 빛을 내린다
무럭무럭 자라서
팔 닿을 때까지 올라와 보라고
따스한 눈빛으로 다독여준다

바람은 나무를 위하여
때로는 약하게 때로는 강하게
나무의 인내심을 시험한다
흔들리지 말고 잘 견뎌서
무언가에 쓸 만한 재목이 되라고
나무 곁을 떠나지 않는다

하늘은 나무를 위하여
비를 내려주고 눈도 내려주어
목마름을 해결해 준다

양분도 함께 받아들여
더 튼튼한 나무가 되라고
땅속 깊은 곳까지 물을 보내준다

새들은 나무를 위하여
날마다 가지에 올라
키가 얼마나 컸는지 확인해 본다
열매도 잘 익었는지 알아봐 주고
흠집 없이 잘 자라라고
벌레도 잡아준다

이제 나무는
고마운 모든 것들을 위하여
자신을 가꾸어 간다

나무는 태양을 위하여
푸른 팔을 번쩍 들어 올리고,
나무는 바람을 위하여

수많은 손을 흔들어 보이고,
나무는 하늘을 위하여
춤을 추어 보이고,
나무는 새들을 위하여
보금자리를 내어 준다

이제 우리는 나무를 위하여
또 무엇을 할 수 있을 것인가
깊은 밤,
별빛 부서지는 소리에
나무가 속삭인다
서로를 위하여
아주 작은 것을 돌아보라고.

나무가 없다면

우리 귀는 무엇을 들어야 하나
나무가 없다면
매미는 어디에 앉아 울고
새들은 어디서 쉬어갈까
바람은 누구를 위하여
산골짝을 달려가고
시냇물은 또 누구를 위하여
폭포를 뛰어내리는지

우리 눈은 무엇을 봐야 할까
나무가 없다면
새들은 어디에 둥지를 틀고
벌레는 어디에 알을 품을까
하늘을 향해 푸른 손을
마음껏 흔들어 줄 수 없다면
우리는 무엇을 보고 듣고
또 사랑할 수 있을지.

산으로 간다

눈뜨면,
나는 산으로 간다

햇빛 받아 반짝이는
푸른 나뭇잎
어서 오라 손짓하는
산이 그리워
나는 산으로 간다

아침 이슬 머금은
작은 풀벌레
반갑다 노래하는
산이 보고파
나는 산으로 간다

산 열매 먹고 사는
산새들처럼
마음껏 날고 싶은
산이 좋아서
나는 산으로 간다

저 산이 저기서
나를 부른다
나는 오늘도
산으로 간다.

소나무의 눈물

비 오는 날이면
빗물과 함께 눈물 흘리는
소나무 있네요

147년 전 봄
강화도에 쏟아진 포탄처럼
그치지 않고 흐르는 눈물

신미년*의 그 흔적이
지워지지 않고
눈물로 흐르네요

천둥 치는 날이면
하늘 가르는 소리와 함께 우는
소나무 있네요

양이배척* 외치던 날
광성보* 덕진진*에 날아든 총알처럼
끝없이 들리는 울음소리

신미년 그 상처가
아직도 아물지 않아
울고 있네요.

* 신미년(辛未年): 1871년. 신미양요(辛未洋擾)가 일어난 해. 신미
  양요는 미국 군함이 강화도 덕진진과 광성보를 점령한 사건.
* 양이배척(洋夷排斥): 서양 오랑캐를 배척한다는 뜻.
* 광성보(廣城堡): 1656년에 설치한 강화도 동쪽 해안의 군사 시설.
  신미양요 때 미군이 점령함. 사적 제227호.
* 덕진진(德津鎭): 강화도 동쪽 해안에 있는 군사 시설. 사적 제226호.

느티나무

어머니 같다,
동구 밖 아름드리 느티나무는
나 때문에 애끓는 우리 어머니처럼
무슨 걱정 많아서 속이 썩었는지
텅텅 비어있는 것이
우리 어머니 같다

어머니 같다,
더위에 지친 사람들 쉬었다 가게
한여름 큰 그늘 만드는 것이
힘든 일 다 들어 주고
아플 땐 살살 달래주는 것이
우리 어머니 같다

우리 어머니 같다,
새들이 집 지어 살도록
큰 팔 벌려 품어주는 것이
학교 갔다 돌아오면
포근하게 안아주던
우리 어머니 같다,
느티나무는.

나무를 보면 올라가고 싶다

나무를 보면 올라가고 싶다
저 위에서 보는 세상은 얼마나 다른지
얼마나 아름다운지
나무를 보면 올라가고 싶어진다

저 위에 올라가면
무엇을 볼 수 있는지
밑에서 보는 세상과 어떻게 다른지
나는 자꾸만
올라가고 싶어진다

저 너머의 세상에는
무엇이 살고 있는지
지금의 나와는 얼마나 다른 삶이 있는지
나는 자꾸만
보고 싶어진다

나는 나무를 보면 올라가고 싶어진다
저 위에 올라가면
내 마음은 어떻게 달라질지
내 기분은 어떻게 변하게 될지
나는 나무를 보면
올라가고 싶어진다.

4부

그 별들 잠을 자는 새벽까지

경비원 우리 아빠

우리 아빠는 경비원,
길 건너 보이는
숲속마을 아파트가
우리 아빠 일터지요

새벽 일찍 출근해서
별 돋는 늦은 밤까지
허리 한 번 못 펴고
땅만 보고 일하지만
가끔은, 아주 가끔씩은
하늘 한 번쯤은 올려다본다고
위로하며 사시지요

아스팔트 익어가는 한여름에도
힘들어서 어떻게 하느냐고 걱정하면
내가 없으면
길고양이 밥은 누가 주느냐고
할 일 먼저 걱정하시지요

수돗물 얼어붙는 한겨울에도
추워서 어떻게 하느냐고 걱정하면
내가 없으면
재활용품 분리수거는 누가 하냐며
일할 생각으로 달려가시지요

우리 아빠는 경비원,
우리는 한 번도 살아보지 못한
숲속마을 아파트에서
별꽃 피는 밤부터
그 별들 잠을 자는 새벽까지 일하시지요

힘들다 말 한마디 없이
불 꺼진 아파트를 지키지요
에어컨도 없는 좁디좁은 경비실에서
밤을 지새우지요,
우리 아빠는.

시골길

곧고 바르게 쭉 펴진 길보다
구불구불 휘어진 시골길이 더 좋습니다
집에 가는 시간이 오래 걸려도
생각할 시간을 많이 줍니다

평평한 아스팔트 길보다
울퉁불퉁 흙길이 더 좋습니다
마음껏 피어난 들풀들도 좋지만
틈새를 비집고 힘들게 나온 풀도 좋습니다

가로수 가로등 전봇대 줄 맞춰선 길보다
코스모스 무더기로 손 흔드는 게 예쁩니다
조금 멀리 돌아가도
풍경 아름다운 시골길이 좋습니다 .

동굴 구경

고개를 숙여야 들어갈 수 있다
몇천만 년, 몇 억 년 전
아주 오래된, 태고*의 자연을 만나는데
더 겸손해야 들어갈 수 있다

자세를 낮춰야 구경할 수 있다
석순*도, 종유석*도
물방울 하나하나가 힘을 합쳐 만들었는데
더 겸손해야 구경할 수 있다

눈을 뜨고 뭔가를 본다는 건
들을 수 있다는 건
숨을 쉰다는 건
더 겸손해지라는 가르침이다.

* 태고(太古): 아주 오랜 옛날.
* 석순(石筍): 석회 동굴 안의 돌고드름에서 바닥으로 떨어지는 탄
   산 칼슘 용액이 엉기고 쌓여 대나무의 싹 모양으로 된 것.
* 종유석(鐘乳石): 종유굴의 천장에 고드름같이 달려있는 석회암.

아빠의 리모컨

우리 집 리모컨은 아빠의 전유물
단추를 꾹꾹 눌러
텔레비전 화면을 이리저리 바꾼다
프로그램 내용을 보는지
단추 누르는 것이 목적인지 모를 때가 많다

텔레비전 화면은 리모컨으로 바꾸면서도
다른 심부름은 꼭 나한테만 시킨다
물 가져와라, 과일 가져와라
그래도 나는 말 잘 듣는 리모컨이다

엄마는 말 안 듣는 리모컨
가끔 엉뚱한 반응을 보여주기도 하고
심지어 리모컨 주인인 아빠를 조롱하기도 한다
내가 봤을 땐 고장 난 리모컨인데
아빠는 엄마를 AS센터에 보낼 생각은
꿈도 못 꾼다

나는 아빠의 마음을 바꾸는
리모컨을 만들고 싶다
리모컨을 누르지 못하게 하는
리모컨을 만들고 싶다
그래도 아빠가 리모컨으로 바꿀 수 있는 게
텔레비전뿐이라 다행이란 생각도 든다
내 마음까진 바꿀 수 없을 테니까.

분수처럼

내 마음 같다
아래는 보지 않고
위로만 오르려 하는 것이
시키는 대로 하지 않고
반항하고 싶은
꼭 내 마음 같다

힘차게 치솟다가
결국 떨어지는 것이
엄마 말씀 안 듣고
고집부리다가
포기하고 꾸중 듣는
나와 닮았다

그런데, 이것도 나와 닮았다
해님 '짠!'하고 나온 날
무지개 만드는 것도
나와 닮았다
마음속에
무지개를 품고 사는
나와 닮았다.

비의 난타 공연

빗방울이 연주를 합니다
흙바닥 운동장을 만나
두둑두둑 두두둑
소리를 냅니다

빗방울이 노래를 합니다
처마 밑 댓돌을 만나
다닥다닥 다다닥
장단을 맞춥니다

빗방울이 춤을 춥니다
아빠 자동차 지붕 위
타당타당 타다당
물방울을 펼칩니다

빗방울이 공연을 합니다
받쳐 든 우산 위에서
투둑투둑 투두둑
나는 보지 못하는 공연을 합니다.

책을 펼치다가

버려야 할 책이 어디 있으랴만
나에게 허락된 공간이 너무 작아서
책꽂이 이곳저곳 눈으로 살핀다

버려야 할 책과
계속 그 자리를 지킬 책들,
기준은 명료하다

내 이름이 나온 책과
내 이름이 없는 책

한참 동안 책갈피를 펼치다 보면
기준을 벗어난 뜻밖의 책들!

언제인가 모를,
어디인지 모를 곳에서 온
풀꽃 향기,
나뭇잎 향기

친구와 함께 뛰어놀던
고향 풍경
책 속에서 살아 나오면
잠시 손길을 멈추는
책장 정리!

폭염주의보

지구가 익어가고 있다
아직 덜 익은 게 있는지
무엇인가 자꾸 익히고 싶어 한다

돌멩이도 익히고
아스팔트도 익히고
밤잠도 설치게 하고선,

농부 아저씨 가슴속은
아예
타들어 가고 있는데,
시커멓게

지구는 점점 더
뜨거워지고 있다.

봄이 오면

봄이 오면,
목련꽃 흐드러지게 피기 전
찰랑거리는 단발머리 속에 감춰진
첫사랑 귓불 같은 목련꽃 봉오리
먼저 내게로 온다

봄이 오면,
개나리 지천에 깔리기 전
꽃가지 같은 가느다란 손가락 끝
봉숭아 꽃물 지워진 흔적처럼
먼저 내게로 온다

봄이 오면,
산수유 산과 들 색칠하기 전
목덜미 보송보송한 솜털 같은 꽃망울
아물아물 아지랑이처럼
먼저 내게로 온다

봄이 오면, 세상은
겨우내 숨겨두었던 사랑
꽃으로 피어오른다.

봄·2

봄이 시작되는 언덕
새싹을 봄

새싹 뒤에 숨어
피어날 순간 기다리는
꽃을 봄

활짝 피어
누군가를 기쁘게 할
꿈을 봄

꿈을 꾸다
다시 만나는
사랑을 봄.

떨어진 꽃

제 떨어진 자리
하염없이 바라보네

다시 피어오를 그 날
손꼽아 기다리는
그리움 덩어리.

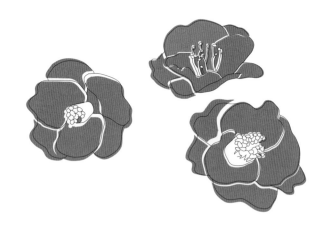

코스모스

너를 향해 달려오는 사람 보고
화들짝 놀라 피해주고

너를 두고 떠나가는 사람 보고
고개 흔들어 확인하는

기다림에 가늘어진 목
그리움에 흔들리는 꽃

흙먼지도 두렵지 않고
흔들림도 무섭지 않은

그리운 꽃 코스모스.

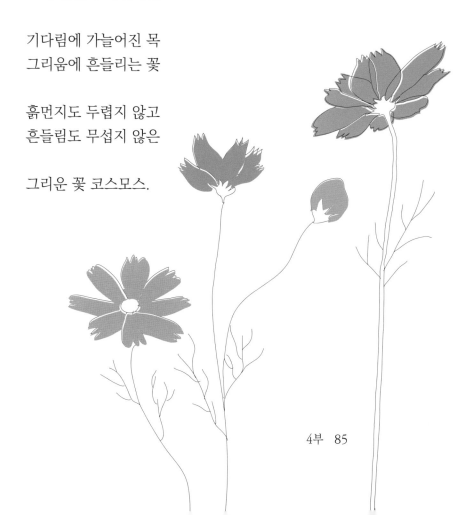

꽃·1

나는 너의 이름을 모른다
아침 일찍 일어나
학교 가는 길
보도블록 작은 틈새 비스듬히 선
보라 꽃 한 송이
나는 너의 이름을 모른다
그래도 너는 아름답다

나는 너의 이름을 모른다
학교 공부 마치고
집으로 가는 길목
담장 밑 그늘 이고 홀로 핀
노란 꽃 한 송이
나는 너의 이름을 모른다
그래도 너는 어여쁘다.

꽃·2

꽃은
지면서도
그냥 지지 않는다

꽃잎은
바람의 연주에 제 몸을 맡기고
누군가의 눈을 즐겁게 해주더니,

또
바람의 반주에 맞춰
누군가의 귀를 즐겁게 해주더니,

마침내
새 생명을 위해
땅속에 묻히는 것도
두려워하지 않는 사랑

꽃은
떨어지면서도
그냥 떨어지지 않는다.

민들레꽃

아침 햇빛 밝아오는 언덕길 가에
민들레 꽃잎들이 인사를 해요
어젯밤 잘 잤니? 무슨 꿈 꿨니?
민들레 꽃잎들이 인사를 해요
노란 꽃 하얀 꽃 손을 잡고서
아름답게 피어 있자 다짐을 해요

풀잎 이슬 반짝반짝 빛나는 아침
민들레 꽃씨들이 여행을 가요
어디가 좋을까? 어디로 갈까?
민들레 꽃씨들이 여행을 가요
산 너머 언덕 너머 친구를 찾아
멋지게 피어 보자 약속을 해요.

5부

작지만 큰, 가볍지만 무거운

곁순*을 따다가

학교 담장 밑
조그만 텃밭
곁순을 따 줘야
튼튼하게 자란대서
초록 잎 무성한
토마토 곁순을 땄다
손가락 끝엔 벌써
토마토가 주렁주렁 열렸다

새들의 놀이터
조그만 텃밭
곁순을 따 줘야
좋은 열매 달린대서
보랏빛 눈부신
가지 줄기 곁순을 땄다
손톱 밑엔 이미
가지가 달랑달랑 달렸다

자신의 색깔 드러내는
정직한 텃밭
참새 부리에는
초록색 물이 들겠다
비둘기 부리에도
보랏빛 물이 들겠다.

* 곁순: 나무나 풀의 원줄기 곁에서 돋아나오는 순.

텃밭을 가꾸며

상추, 오이, 고추, 가지, 호박, 토마토
손바닥만 한 텃밭에
참 많은 것을 심었다

물 주고 거름 주고
지지대*도 세워주고
곁순도 따고
참 많은 손길이 필요하다

개미, 나비, 벌, 참새, 비둘기
짧은 시간에도
참 많은 것들이 쉬고 간다

꽃밭이 되었다가
놀이터도 되었다가
손바닥 같은 텃밭 하나가
참 많은 것을 나눠준다.

* 지지대(支持臺): 무거운 물건을 받쳐 주는 대. 식물이 쓰러지지 않
  게 받쳐주는 나무 등을 말함.

포스트잇

누군가를 웃게 하고,
세상 바꾸는 큰 물결
출렁이게 하는
작지만 큰, 가볍지만 무거운
종이 한 장.

가을바람

향긋한 열매 향기를
맡았나 봅니다
가을바람이
소식을 싣고
달려옵니다

나비에게
벌에게
전해주고
산 너머로 달려갑니다

가을바람이
열매 익는 소리를
들었나 봅니다
산새에게 전해주면
새는 그 소리 듣고 노래합니다

가을바람이 지나간
산마다 골마다
가을 냄새와
가을 소리가
넘쳐흐릅니다.

더위

8월도 끝물*을 터는
하순*의 어느 아침
땀 식히는 부채질이
더 힘들어 보입니다

한 손엔 부채 들고
한 손엔 물병 들고
종종걸음 그늘 찾아
학교로 가는 길

운동장은 아침부터
이글이글 타오르고
교실은 한증막*처럼
열기를 뿜습니다

에어컨도 힘에 겨워
헛바람만 보냅니다
더위도 더워서
쉬어가고 있습니다.

* 끝물: 곡식, 과실, 해산물 따위에서, 그해의 맨 마지막으로 나오
  는 것.
* 하순(下旬): 한 달 가운데 스무하룻날부터 그믐날까지의 동안.
* 한증막(汗蒸幕): 높은 온도로 몸을 덥게 하여 땀을 내기 위해 갖
  춘 시설.

겸재* 선생님 만나러 가요

엄마,
겸재 선생님 만나러 가요
9호선 양천향교역*에서 내려
1번 출구로 나와 양천초등학교 지나
궁산* 아래 자리 잡은 기념관으로
겸재 선생님 만나러 가요

우리 동내 그린 양천팔경*도 보고 싶고
절벽에서 뻗어 나온 큰 나무 아래서
조각배 타고 낚시하는 선비도 만나요
자주색 옷을 바람에 펄럭이며
기러기와 얘기하며 고기 잡는
250년 전 할아버지 만나러 가요

아빠,
겸재 선생님 만나러 가요
천 원짜리 지폐 뒷면을 펴면
시냇물 고요히 흐르는 한적한 바위 아래
작은 집 짓고 글 읽는 사람 있는
천 원 지폐 속 그림 그린
겸재 선생님 만나러 가요

금강산 그린 금강전도도 보고 싶고
냇가에 빈 배 한 척 묶여져 있고
절벽 위의 소나무 하늘 향해 서 있는
주머니 속 그림 보고 싶어요
버드나무 바라보며 책을 읽는
그 옛날 조상님 만나러 가요.

* 겸재(謙齋): 조선시대 후기의 화가 정선(鄭歚·1676~ 1759).
  「인왕제색도」, 「금강전도」 등의 그림이 유명함.
* 양천향교(陽川鄕校): 서울특별시 강서구에 있는 향교.
  향교는 고려와 조선 시대의 지방 교육 기관임.
* 양천향교역(陽川鄕校驛): 9호선 전철역으로 가양역과 마곡나루
  역 사이에 있음.
* 궁산(宮山): 강서구 가양동에 있는 산. 백제시대의 산성인 양천고
  성지가 있음. 산 아래에 겸재정선기념관이 있음.
* 양천팔경(陽川八景): 강서구의 옛 지명인 양천현에 있는 개화사
  (開花寺), 소악루(小岳樓) 등 여덟 개의 아름다운 경치.

낙엽

이제
할 일은
다 했다

바람에게
손도 흔들어 주었고,

태양에게
손을 뻗쳐
인사도 하였고,

개미에겐
그늘도 만들어 주었고,

이제
바람 타고
날아가면
그뿐

이제
할 일은
남은 게 없다.

큰 줄 당기기

큰 줄 만들어
풍년 풍작 기원해요

물아래 청룡군
물 위 백호군

힘 모아 줄을 엮고
힘 합쳐 당겨 봐요

청룡군 이기면
대풍이 들고요,

백호군이 이겨도
풍작을 이룬대요

큰 줄 당겨서
평화 안녕 기원해요

우리 모두 힘 모아
좋은 나라 만들어요.

천강* 장군님

정말 하늘에서 내려오셨나요?
그래서 물밀듯이 올라오는 왜적 무리가
겁나지 않으셨나요?

400년도 훨씬 전 그 봄날
붓 대신 칼을 들고
적의 길목을 지키시던 그때,
두근두근 가슴이 뛰진 않으셨나요?

흰옷 대신 붉은 갑옷을 입고
거름강* 저 어디쯤에
서 계실 것 같은 역사,
정암나루* 어디쯤에서
호령하실 것 같은 목소리!

정말 하늘에 계신다면
지금도 이 땅 넘보는 저들을 물리치러
오늘 다시 붉은 갑옷 입으시고
내려와 주세요

지금 다시 이 산천 지킬 수 있게
붉은 갑옷 내려주세요,
홍의장군, 천강 장군님.

* 천강(天降): 조선 중기의 무신. 임진왜란 때 의병으로 활동한 곽
  재우(郭再祐, 1552 ~ 1617) 장군임.
* 거름강(岐江): 의령지방에 있는 강의 이름.
* 정암(鼎巖)나루: 경상남도 의령군 의령읍 정암리의 남강에 있는
  나루.

태풍 기다리기

태풍을 기다리다니
참 어이없는 일이다

피해가 얼마나 많은데
당해보고도 그런 말이 나오나?

얼마나 뜨거우면
태풍을 기다릴까?

바다를 담아와 쏟아주었으면,
강물을 퍼 올려 부어주었으며 좋겠는데,

태풍은 야속하게
비켜 가고 말았다

태풍을 기다리다니
정말 어이없는 일이다.

저 자 와
협의하여
인지 생략

그 별들 잠을 자는 새벽까지

지은이 | 김봉석
그린이 | 노우혁
펴낸이 | 一庚 張少任
펴낸곳 | 돌선 답게
초판 인쇄 | 2022년 10월 10일
초판 발행 | 2022년 10월 15일
등 록 | 1990년 2월 28일, 제 21-140호
주 소 | 04975 서울특별시 광진구 천호대로 698 진달래빌딩 502호
전 화 | (편집) 02)469-0464, 02)462-0464
        (영업) 02)463-0464, 02)498-0464
팩 스 | 02) 498-0463
홈페이지 | www.dapgae.co.kr
e-mail | dapgae@gmail.com, dapgae@korea.com
ISBN   978-89-7574-352-8
ⓒ 2022 김봉석, 노우혁

나답게·우리답게·책답게